Le Bourgeois Gentilhomme

FichesdeLecture.com

Le Bourgeois Gentilhomme (Fiche de lecture)

I. INTRODUCTION

Le Bourgeois gentilhomme est une comédie-ballet écrite par Molière (1622-1673). Elle est composée de cinq actes et est écrite en prose, à l'exception des vers qui ouvrent les entrées de ballet.

La pièce est jouée pour la première fois à Chambord, le 14 octobre 1670, en présence de la cour du roi Louis XIV, avant d'être représentée à Paris, au théâtre du Palais-Royal. Elle mêle les textes de Molière aux compositions musicales de Lully.

La pièce porte sur un bourgeois qui aspire à ressembler à un noble par tous les moyens. Elle aura rapidement un très grand succès.

II. RÉSUMÉ DE LA PIÈCE

Acte I

Nous sommes à Paris, en 1670, dans la maison de Monsieur Jourdain. M. Jourdain est un riche bourgeois aspirant à devenir un homme de qualité, c'est-à-dire un noble et un homme galant.

Pour y arriver, il engage un maître de musique, un maître de danse, un maître d'armes, un maître de philosophie afin de pouvoir apprendre tout ce qu'un gentilhomme doit savoir et être capable de fréquenter la noblesse et s'y faire valoir.

Acte II

La leçon d'escrime ne se révèle pas plus prolifique que celles de musique et de danse. Les maîtres des différents arts se disputent, car le maître d'armes méprise ce qu'il appelle « leurs sciences inutiles ». Le maître de philosophie intervient pour calmer la querelle, ce qui ne provoque qu'un front commun contre lui. Ils le battent ensemble.

Après la dispute, le philosophe enseigne à Jourdain la prononciation des lettres. Survient ensuite le maître tailleur.

Acte III

Lorsque la servante Nicole voit son maître dans son habit tout en plumes et en fleurs, elle ne peut s'empêcher d'avoir un fou rire.

Madame Jourdain reproche à son époux tous ses prêts à Dorante, qui ne sont jamais remboursés… Paraît alors le fameux Dorante, qui vient demander un nouvel emprunt à Jourdain. Comme d'habitude, ce dernier accepte de lui prêter de l'argent. Il ne lui refuse pas, car Dorante lui sert d'intermédiaire auprès d'une marquise dont il est amoureux, Dorimène, malgré le fait qu'il soit marié.

Cléonte, un jeune homme honnête, mais ne faisant pas partie de la noblesse, demande à M. Jourdain la main de Lucile, sa fille. Celui-ci refuse, car il veut que sa fille épouse un noble. Le valet de Cléonte, Covielle, promet d'aider son maître.

Paraissent Dorimène et Dorante. Ce dernier fait passer tous les cadeaux de Jourdain pour des dons qu'il lui aurait lui-même achetés…

Acte IV

M. Jourdain offre un excellent dîner à ses hôtes. Mais un évènement vient troubler le dîner : Cléonte humilié désire se venger de l'affront que le bourgeois lui a fait subir. Avec l'aide de son valet, Covielle, il se déguise en fils du Grand Turc et rend visite à M. Jourdain en plein dîner.

Il annonce que pour que l'union ait lieu, le beau-père doit être élevé au rang de « mamamouchi » ou paladin, ce qui donne lieu à une cérémonie factice très comique.

Acte V

Madame Jourdain découvre son mari vêtu comme un Turc et le prend pour un fou. Quoi qu'il en soit, tout le monde joue le jeu, même Dorimène et Dorante. Lucile, amoureuse de Cléonte, refuse d'épouser un Turc et d'oublier Cléonte, mais elle finit par le reconnaître sous son déguisement et accepte d'obéir à son père et de se marier.

III. PRÉSENTATION DES PERSONNAGES

Monsieur Jourdain

Bourgeois de Paris qui aspire à devenir un gentilhomme et est prêt à tout pour y parvenir. Il suit les leçons de différents maîtres afin de pouvoir bien raisonner parmi la noblesse. Sa vanité l'aveugle et le rend vulnérable. Il est sensible à la flatterie et il se fait exploiter honteusement par presque tout le monde. C'est un personnage ridicule, qui essaie de faire preuve d'autorité, mais qui n'arrive pas à se faire respecter. Il passe pour un fou auprès de sa famille et de ses connaissances qui se moquent de lui. Il est orgueilleux, crédule et fier de fréquenter des gens de qualité qui l'exploitent et lui empruntent de l'argent. Naïf, il ne voit rien des complots qui se trament autour de lui.

Madame Jourdain

Épouse de Monsieur Jourdain, c'est une femme de bon sens qui essaie de raisonner son mari, mais en vain. Elle essaie de lui faire comprendre que tout le monde se moque de lui. Elle lui reproche de vouloir fréquenter la noblesse alors que son père n'était qu'un simple marchand. Elle n'est pas dupe et démasque facilement les exploiteurs de son mari. Elle sait que Monsieur Jourdain la trompe et ne se fait aucune illusion sur son amour pour elle. Mme Jourdain est une femme pratique et raisonnable, tout le contraire de son mari.

Lucile

Fille de M. et Mme Jourdain, elle est amoureuse de Cléonte et refuse d'obéir à son père qui désire la marier au fils du Grand Turc. Mais elle se ravisera en reconnaissant Cléonte sous son déguisement.

Nicole

Servante de M. et Mme Jourdain. Nicole s'en moque ouvertement et préfère être battue que de cesser de rire de lui. Elle appuie Mme Jourdain quand celle-ci se plaint du style de vie de M. Jourdain. Elle est amoureuse de Covielle, le valet de Cléonte.

Cléonte

Jeune homme amoureux de Lucile, la fille de M. Jourdain qu'il souhaite épouser. Mme Jourdain approuve ce mariage, mais M. Jourdain refuse, car il veut un gendre noble pour sa fille. Devant le refus de M. Jourdain, Cléonte usera d'un subterfuge pour parvenir à ses fins.

Covielle

Valet de Cléonte, amoureux de Nicole. Apprenant la déconfiture de Cléonte, il lui conseille d'user de ruse avec un homme tel que M. Jourdain.

Dorante

Gentilhomme hautain et adroit qui se prétend ami du Roi. Il rend de fréquentes visites à M. Jourdain et lui emprunte de l'argent que M. Jourdain ne peut lui refuser. Il pousse l'audace jusqu'à convaincre M. Jourdain que c'est un honneur de lui prêter de l'argent. Il se sert de l'argent et de la maison de M. Jourdain pour conquérir le cœur de Dorimène, qu'il souhaite épouser.

Dorimène

Marquise aimée de Dorante, c'est une femme d'expérience assez désabusée de la vie. Elle est veuve et garde de son premier mariage une mauvaise impression. Elle ne sait pas que c'est l'argent de M. Jourdain qu'utilise Dorante pour payer tous les somptueux cadeaux qu'il lui fait. Elle finira par accepter de l'épouser afin qu'il mette fin à toutes ces folies.

Le maître à danser

Professeur de danse de M. Jourdain. Il est content de son salaire, mais n'est pas motivé uniquement par l'argent, car c'est un idéaliste qui voue un culte à son art. L'approbation des gens de goût a pour lui plus de prix qu'une grosse somme d'argent. Il n'est pas cupide et dédaigne l'argent.

Le maître de musique

Professeur de musique de M. Jourdain, il est plus intéressé par l'argent que le maître à danser. Il exploite M. Jourdain adroitement en le flattant et en le poussant à dépenser son argent en somptuosités que M. Jourdain ne peut qu'accepter pour faire preuve de sa qualité de gentilhomme.

Le maître d'armes

Professeur d'escrime de M. Jourdain. Il est pédant et infatué. Il est pénétré de l'importance de son art et de ses fonctions. Il sera la cause d'une querelle entre les maîtres en déclarant que son art surpasse tous les autres.

Le maître de philosophie

Professeur de philosophie de M. Jourdain, il finit par lui donner un simple cours d'orthographe. Il s'exprime avec éloquence et multiplie les formules. Il essaie de réconcilier les maîtres, mais ne fait qu'empirer la querelle en y participant.

Le maître tailleur

Tailleur de M. Jourdain, il est chargé de lui faire un habit neuf. Désinvolte, il est en retard ce qui déclenche la colère de M. Jourdain. Ce dernier n'est pas satisfait du travail de son tailleur, mais celui-ci ne tient aucun compte des plaintes et accuse même M. Jourdain d'imaginer tout cela. Le tailleur se pose en artiste et son orgueil est immense. Diplomate, il sait cependant trouver les mots pour apaiser les inquiétudes de M. Jourdain. Le tailleur n'hésite pas à voler M. Jourdain et à se faire faire un habit dans le tissu payé par son client.

IV. AXES D'ANALYSE DE L'ŒUVRE

Une comédie à plusieurs facettes

Toutes les pièces de Molière ont été composées dans le but de divertir le Roi Louis XIV. Ce sont donc des comédies burlesques dont les personnages sont caricaturaux et les situations rocambolesques.

Le Bourgeois gentilhomme comporte un personnage principal, affublé d'une faiblesse qui le rend vulnérable et ridicule aux yeux de ses proches et connaissances. M. Jourdain, de par son ambition démesurée d'accéder à la noblesse, devient la risée de son entourage. La pièce est une comédie de caractère en ce qu'elle expose les conséquences sur la vie de l'entourage de M. Jourdain qu'amène son caractère vaniteux et bon enfant. C'est aussi une comédie de mœurs, car elle décrit bien la différence qui existait entre les classes sociales de l'époque : les bourgeois roturiers et la noblesse.

Mais c'est également une comédie-ballet, car la pièce est agrémentée de plusieurs ballets accompagnés de musique, à tel point que les divertissements chorégraphiques et musicaux vont jusqu'à occuper une partie égale à celle des dialogues eux-mêmes.

La pièce a été écrite pour la scène et le style d'écriture est exubérant et fantaisiste. Les différentes scènes se succèdent à un rythme trépidant. Les différents personnages possèdent chacun un caractère qui lui est propre et bien différent des autres ce qui ajoute beaucoup de variété à l'intrigue. La fantaisie domine et entraîne le spectateur dans un feu roulant d'actions et de péripéties qui ne laissent aucune place à l'ennui.

On retrouve aussi les éléments « traditionnels » des comédies de Molière : amour contraint entre jeunes gens, père autoritaire et mariages arrangés, conflit intergénérationnel… mais la pièce va plus loin, en dénonçant cette lubie de l'époque de Molière, le désir si répandu de s'identifier aux aristocrates.

La satire sociale de l'époque

M. Jourdain est un bourgeois qui aspire à la noblesse. Du temps de Molière, sous le règne de Louis XIV, la bourgeoisie avait pris de plus en plus d'importance et amassé des fortunes considérables. Très vaniteux, les riches bourgeois n'avaient plus rien à désirer si ce n'est d'acquérir des titres de noblesse pour flatter leur orgueil démesuré.

Sortir de l'état de roturier avait beaucoup d'attrait, car les nobles étaient dispensés de payer la taille, un impôt lourd que seuls les roturiers étaient obligés de payer. Plusieurs riches bourgeois allaient jusqu'à usurper des titres de noblesse et obtenir des lettres de réhabilitation qui leur donnaient l'apparence de rentrer dans les droits de leurs ancêtres. On comprend bien le comportement de M. Jourdain qui désire devenir un homme de qualité, une ambition partagée par presque tous les bourgeois fortunés de l'époque.

M. Jourdain veut tellement être gentilhomme qu'il se fait faire un habit comme ceux des gens de qualité, avec des bas de soie, que seuls les nobles portaient à l'époque ; de plus, il a honte de ses origines et ne veut pas accepter le fait que son père n'ait été qu'un simple marchand.

Au final, la comédie et le divertissement des ballets (au cours desquels le Roi dansait parfois) laissent quand même parfois la thérapie par le rire l'emporter sur la leçon de morale.

Dans la même collection en numérique

Escadrille 80

Inconnu à cette adresse

La controverse de Valladolid

Les Vilains petits canards

Une partie de campagne

Cahier d'un retour au pays natal

Dora Bruder

L'Enfant et la rivière

Moderato Cantabile

Alice au pays des merveilles

Le faucon déniché

Une vie

Chronique des Indiens Guayaki

Je voudrais que quelqu'un m'attende quelque part

La nuit de Valognes

Œdipe

Disparition Programmée

Education européenne

L'auberge rouge

L'Illiade

Le voyage de Monsieur Perrichon

Lucrèce Borgia

Paul et Virginie

Ursule Mirouët

Discours sur les fondements de l'inégalité

L'adversaire

La petite Fadette

La prochaine fois

Le blé en herbe

Le Mystère de la Chambre Jaune

Les Hauts des Hurlevent

Les perses

Mondo et autres histoires

Vingt mille lieues sous les mers

99 francs

Arria Marcella

Chante Luna

Emile, ou de l'éducation
Histoires extraordinaires
L'homme invisible
La bibliothécaire
La cicatrice
La croix des pauvres
La fille du capitaine
Le Crime de l'Orient-Express
Le Faucon malté
Le hussard sur le toit
Le Livre dont vous êtes la victime
Les cinq écus de Bretagne
No pasarán, le jeu
Quand j'avais cinq ans je m'ai tué
Si tu veux être mon amie
Tristan et Iseult
Une bouteille dans la mer de Gaza
Cent ans de solitude
Contes à l'envers
Contes et nouvelles en vers
Dalva
Jean de Florette
L'homme qui voulait être heureux
L'île mystérieuse
La Dame aux camélias
La petite sirène
La planète des singes
La Religieuse
1984 A l'Ouest rien de nouveau
Aliocha
Andromaque
Au bonheur des dames
Bel ami
Bérénice
Caligula
Cannibale
Carmen

Chronique d'une mort annoncée
Contes des frères Grimm
Cyrano de Bergerac
Des souris et des hommes
Deux ans de vacances
Dom Juan
Electre
En attendant Godot
Enfance
Eugénie Grandet
Fahrenheit 451
Fin de partie
Frankenstein
Gargantua
Germinal
Hamlet
Horace
Huis Clos
Jacques le fataliste
Jane Eyre
Knock
L'homme qui rit
La Bête humaine
La Cantatrice Chauve
La chartreuse de Parme
La cousine Bette
La Curée
La Farce de Maitre Pathelin
La ferme des animaux
La guerre de Troie n'aura pas lieu
La leçon
La Machine Infernale
La métamorphose
La mort du roi Tsongor
La nuit des temps
La nuit du renard
La Parure

La peau de chagrin

La Petite Fille de Monsieur Linh

La Photo qui tue

La Plage d'Ostende

La princesse de Clèves

La promesse de l'aube

La Vénus d'Ille

La vie devant soi

L'alchimiste

L'Amant

L'Ami retrouvé

L'appel de la forêt

L'assassin habite au 21

L'assommoir

L'attentat

L'attrape-coeurs

Le Bal

Le Barbier de Séville

Le Bourgeois Gentilhomme

Le Capitaine Fracasse

Le chat noir

Le chien des Baskerville

Le Cid

Le Colonel Chabert

Le Comte de Monte-Cristo

Le dernier jour d'un condamné

Le diable au corps

Le Grand Meaulnes

Le Grand Troupeau

Le Horla

Le jeu de l'amour et du hasard

Le Joueur d'échecs

Le Lion

Le liseur

Le malade imaginaire

Le Mariage de Figaro

Le meilleur des mondes

Le Monde comme il va

Le Parfum

Le Passeur

Le Petit Prince

Le pianiste

Le Prince

Le Roman de la momie

Le Roman de Renart

Le Rouge et le Noir

Le Soleil des Scortas

Le Tartuffe

Le vieux qui lisait des romans d'amour

L'Ecole des Femmes

L'Ecume Des Jours

Les Bonnes

Les Caprices de Marianne

Les cerfs-volants de Kaboul

Les contes de la Bécasse

Les dix petits nègres

Les femmes savantes

Les fourberies de Scapin

Les Justes

Les Lettres Persanes

Les liaisons dangereuses

Les Métamorphoses

Les Mouches

Les Trois mousquetaires

L'étrange cas du Dr Jekyll et de Mr Hyde

L'Ile Au Trésor

L'île des esclaves

L'illusion comique

L'Ingénu

L'Odyssée

L'Ombre du vent

Lorenzaccio

Madame Bovary

Manon Lescaut

Micromégas

Mon ami Frédéric

Mon bel oranger

Nana

Ne tirez pas sur l'oiseau moqueur

Notre-Dame de Paris

Oliver twist

On ne badine pas avec l'amour

Oscar et la dame rose

Pantagruel

Le Misanthrope

Perceval ou le conte du Graal

Phèdre

Ravage

Roméo et Juliette

Ruy Blas

Sa Majesté des Mouches

Si c'est un homme

Stupeur et tremblements

Supplément au voyage de Bougainville

Tanguy

Thérèse Desqueyroux

Thérèse Raquin

Ubu Roi

Un Barrage contre le Pacifique

Un long dimanche de fiançailles

Un secret

Vendredi ou la vie sauvage

Vipère au poing

Voyage au bout de la nuit

Voyage au centre de la terre

Yvain ou le Chevalier au lion

Zadig

À propos de la collection

La série FichesdeLecture.com offre des contenus éducatifs aux étudiants et aux professeurs tels que : des résumés, des analyses littéraires, des questionnaires et des commentaires sur la littérature moderne et classique. Nos documents sont prévus comme des compléments à la lecture des oeuvres originales et aide les étudiants à comprendre la littérature.

Fondé en 2001, notre site FichesdeLectures.com s'est développé très rapidement et propose désormais plus de 2500 documents directement téléchargeables en ligne, devenant ainsi le premier site d'analyses littéraires en ligne de langue française.

FichesdeLecture est partenaire du Ministère de l'Education du Luxembourg depuis 2009.

Plus d'informations sur www.fichesdelecture.com

Notes :